女人啊，
就是這麼回事

森下惠美子

菜鳥上班族的
第 **2** 堂課

EMIKO'S SURVIVAL DAYS

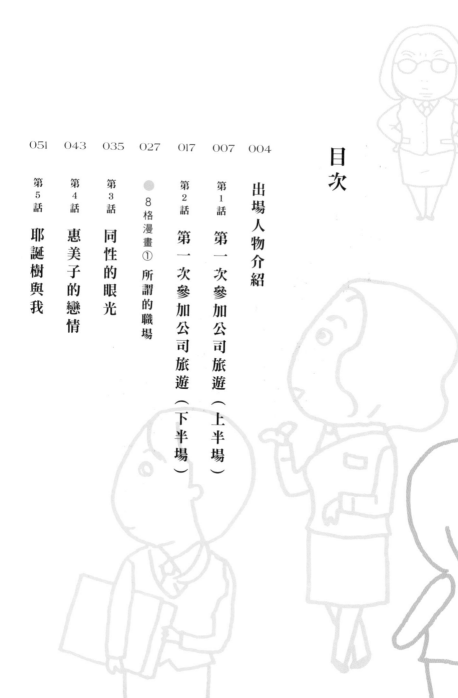

目次

004　出場人物介紹

007　第1話　第一次參加公司旅遊（上半場）

017　第2話　第一次參加公司旅遊（下半場）

027　● 8格漫畫①　所謂的職場

035　第3話　同性的眼光

043　第4話　惠美子的戀情

051　第5話　耶誕樹與我

061　第6話　耶誕節前夕

071　第7話　友情也不過如此

081　第8話　女人們的戰爭

089　● 8格漫畫② 人間盡是…

097　第9話　女人世界2年級生

107　第10話　勁敵出現？

115　第11話　櫻花樹下

124　惠美子35歲

126　後記

出場人物介紹

公司的前輩們

安代小姐

宿舍的前輩、公司內部情報通,很好的商量對象

有好感 ← 有點小怕 → 依賴

辻先生

有點傻氣,公司裡的人氣偶像。

暗戀 ♥

惠美子 (21歲) 主角

基本上個性悲觀,聚會中老是被冷落。

有好感 ↑   不想 敵視被

兼差的 歐巴桑

有時嚴格得要命、有時超固執、有時卻又完全放任不管...

同梯 ⇩

小惠

有心機、男人緣佳。很懂得討大叔歡心。

祥子

有點傻氣,男人緣佳。大小姐型的人物。

事情的來龍去脈

時間大概是在1995年、
呼叫器與手機的市占率
大概各占一半的時代，

惠美子一腳踩進了
百貨業的世界——

百貨公司是個
女性員工居多
的職場——

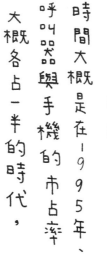

而且我就住在公司
提供的員工宿舍

打擾了～

今天
辛苦囉

也就是說，
從早到晚
我都混在
女人堆中。

各賣場舉辦的新春聚餐

呼～吃得好飽喔

我可以把剩下的食物打包嗎？

員工宿舍裡大家相處很愉快～

哇～

拉麵煮好了

吃到美食時，也會很想帶回去跟家人分享，對吧～

對吧～

對呀對呀

我回一趟老家，帶回這麼多橘子唷～

哇～

帶回宿舍分大家吃～

我多少也能體會這種心情

今天在員工餐廳舉辦兼差員工歡送會，我順便把剩下的點心帶回來了

哇～

第一次參加公司旅遊（上半場）

明天要參加
員工旅遊——

惠美子
卻莫名
鬱卒了起來

員工旅行的話

一定會在
投宿的飯店
辦宴會吧

但我實在
很難融入
公司宴會的氣氛
當中呀~

不安

我也是

那天
我剛好
有事耶
~

而且交情好的
宿舍前輩們
也都不參加——

咦——

要穿什麼
好呢…

竊竊私語

她在
積極
什麼
勁呀~

穿漂亮一點
怕被說
太招搖

不知道
會被說成
什麼樣子

煩惱歸煩惱，
卻又擔心萬一碰到
好機會的話
（豔遇之類的）

恩

女人心
海底針哪…（？）

出發當天——

熱鬧
六衣
三衣

晚上七點打烊後，已經打理好的同事們

陸續搭上接駁專車

前往旅館集合

熱鬧

六衣
三衣

六衣
三衣

嗯——
怎麼辦

怎麼辦呢？

東張
西望

三個人一起搭，總有一人得落單

那就猜拳吧？

嗯——但我討厭輸的感覺

那要怎麼做咧？

喔

車上要怎麼分配座位？

怎麼辦

怎麼分？

居然還被同情了呢…

苦笑…

反正落單的那個通常就是我

不好意思，我會多找妳聊天的～

我無所謂啦～

從沒見過面的人還真多耶～

西女坐哪兒呢～?.

暫時還搞不太清楚哪些是員工

鼎沸

人聲

有好久不見的同梯友人們彼此相見歡的小團體

對呀

哈哈哈

場面一下子轉變成飲酒大會

到了第2個小時…

大家都乖乖在座位上吃吃喝喝

開始的第1個小時

呵呵

華華

華華

以及在這一大群人當中獨自發呆的我

喝酒不太能

黑黑

嘀咕

有終於能輕鬆一下的已婚者討厭啦小團體

呵呵呵

有七嘴八舌聊著工作的男員工小團體

真受不了那些喝醉酒的傢伙——

不如乖乖坐在這裡跟妳一起喝酒

哈了

妳說得沒錯

還有啊

那時候——

啊哈哈

小敬馬訴

啊，這女生也是新員工嗎？

嗯，這位是商品部的山岡先生

喔——

因為店長會一直纏著我不放，煩死了

那個人一喝酒就會變成這樣

哦，妳怎麼會在這裡——

呵呵，有有有，啊有2個

給我一個，就好啦～

東張

西望

森下～

看一下那邊桌上有沒有開瓶器？

那個店長不管去哪家店都是這副德性

難怪

哈哈哈——

…

阿

…

呼——

（3人一間房）

而且房間鑰匙在祥子身上!!

僵

我的房間是幾號呀…!?

←笨蛋

時間是凌晨12點，員工旅遊之夜接下來才要進入高潮——

待續

嗚哇——

呆立——

宿舍裡的二三事

從宿舍走到上班的百貨公司約7分鐘

很近

超方便

叮咚——

今日排休假

叮咚——

抱歉抱歉，等很久了嗎？

不會不會——

惠美子，我先走了維——

嗯——

她是把這裡當會客室使用嗎……？

今天忙死了～不好意思耶，突然來打擾

辛苦了

第一次參加公司旅遊（下半場）

上半場的
劇情梗概

去參加員工旅遊
的惠美子
興高采烈

無法融入晚宴

落得獨自發呆

原本打算
乾脆先回房間去

卻發現房間鑰匙在
另一人身上，呆立當場

哦，宴會結束了耶——

喔——

開心

暗自

沒辦法，只好回宴會會場…

小惠

惠美子——妳跑去哪裡啦？

啊

欸——小惠和東張祥子在哪兒呀？

西望

我回房間…

大家要去店長的房間續攤

惠美子也一起來吧——

さ

繼續開party或打麻將

宴會結束後大家隨興到各房間串門子

呵呵呵可以去妳們房間玩嗎?

而且他們叫我帶新來的員工一起去參加

笑す…笑す笑す

去嘛去嘛——人家一個人不好意思去啦～～

我不去沒關係啦

塞滿大叔的房間

嘩

嘩

沒錯,這才是本次員工旅遊的高潮戲…

悄悄

去上廁所——

我不太
能喝啊

會喝
日本酒嗎？

さ——
我酒量
沒那麼
好耶

呵呵呵

小惠
最近對大叔
特別感興趣…

雖然
很抱歉

但這次
我真的
辦不到呀

呼——

逃脫

衝

森下，有看到石川
經過這裡
嗎？

さ，
沒看到耶

累死
了…

竊竊
私語

該不會在松井先生的房間吧？

可是──剛才還在大廳嗎？

小聲

竊竊私語

真是…形形色色的狀況都有啊

…

那麼──

竊竊私語

啊，森下

部長說田原組長與由紀的關係有點曖昧，叫我想辦法破壞他們，妳說我該怎麼辦？

好艱難的任務啊

幹嘛叫我做這麼麻煩的事啦～

部長

由紀

喜歡

有好感

田原組長

真是形形色色的狀況都有啊

嗖──

可是這兩人都是我的上司

牢騷牢騷

…

又往成人的世界邁進一步

呼——

原來如此呀

在員工旅遊之夜
檔面了……
全都浮上

不倫之戀也罷，
各種狀況

平常地下化
的辦公室戀情
也好、

阿，森下～
妳有看到
村上嗎？

好像剛才
搭電梯
到樓下
去囉～

完全被當成
服務台

而且

小肖

情

好熱鬧呀

有人
被帶進房間，
也有人
被帶出房間

啊，討厭～
被惠美
發現
子
了～

萬一遇到他和某人
兩個一起走出房間

反而惹人厭

怎麼辦呢

雖然很想
去找祥子
我可不想碰到
這種場面

太糗了

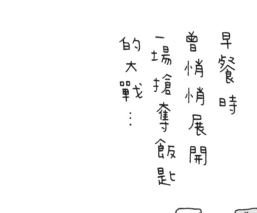

早餐時
曾悄悄展開
一場搶奪飯匙
的大戰⋯

不可告人的習慣

不是啦，你聽錯了～

ㄟ？剛才那個聲音是……從妳肚子發出來的嗎…？

呵呵呵

啦啦啦—

快閃

哇—不好意思，能幫忙撿嗎？

哇—飛散

啊，POCKY都折斷了

習慣在工作時把零食藏在腰間偷吃

啪嘰 啪嘰 啪嘰

所謂的職場

各自的班表

百貨公司裡的工作
原則上是排班制

10月份排班表

每個月可以自行排
3天的休假
（公休日則是
既定的）

家庭主婦
排休假時
要考慮家人
的狀況

唔——
這一天
要去參加
家長會～

差不多
到了該
交排班表
的日子了——

有男朋友的人
排假得顧慮到
與男友的約會

嗯——
星期天
應該是
沒辦法吧

周遭的人
也都在互相喬
排班的時間
實在
傷腦筋耶

菊地小姐，
我可以排休
18號那天
嗎～？

18
號呀
～？

惠美子的
情況——

新進員工
未婚
無男友

但這些女人
傷腦筋的點
有些與眾不同…

大家會不會
以為我的約會
不多呀～

偶爾還是
得假裝一下
約會很多
的樣子

約會紀錄
一片空白

參考那些
難纏的前輩們
的班表來排班

へ——
利用排休
來躲開
那些不想
碰到的人吧…

煩惱

目測

將體重機
的刻度
多調個
一公斤

量體重時
穿著比平常厚重
的衣服

別⋯別怕，
是因為刻度往前調
加上衣服太厚重

害怕量
體重時
可以利用
這一招—

昊

昊

藍色憂鬱

同性的眼光

和平常一樣的午休時間

平時沒什麼交集的野中小姐來找我聊天

可以坐這裡嗎？

ㄟㄟ～森下小姐，聽說妳和小辻交情不錯？

原來是要問我這個喔

心想她來找我講話實在太稀罕了

ㄜ…並沒有特別好啦…我擔待不起啊～

可是員工旅遊時妳們看起來感情還不錯呀？

順著話題
往前回溯到
前幾天的員工旅遊——

怒放
心花

小鹿
亂撞

辻先生
就這麼碰巧
坐在我旁邊的空位上

前方的座位

凝盯

後面的座位

凝盯

瞄

這不正是
天上掉下來的
大好機會!?

但我的內心
依然是澎湃不已

這就是
員工旅遊時
巴士內的情況

通常，在男人面前變了一副嘴臉的女人

最不得女人緣

這種**女人**最討人厭!?

1位 在男人面前態度大轉變的女人

2位 我行我素的女人

但不論是誰都會變吧

是喔——

是這樣嗎？

但多少可以感受到壓力…

平常就很愛碎念的前輩

不安

緊張

窺竊窺竊 私語

瞪

瞄

對我來說——就是如此

但惠美子還是覺得很得意

感覺就像獲頒了女人勳章呀

我——真的嗎？

哦——

不在乎前輩怎麼想

瞪

就算被私傳也無所謂

窺竊窺竊 私語

這就是當時發生的情況

但也算是個美好回憶啦

回到原本的話題

森下小姐覺得小辻這個人怎樣?

呵呵呵

一點也不懂得謙虛的女人 呵呵呵

但如果有機會的話,也不是完全不可能交往啦

這種真心話哪能講啊…

再怎麼說辻先生也算是公司裡的偶像人物

不太可能把我放在眼裡

多少也學了一點東西

我在女人圈裡好歹也打滾了一陣子

野中小姐一副跟我裝熟的模樣

其實只是為了打探我和辻先生的交情吧

主管閃亮亮——

 嗯— 沒什麼特別的想法耶

這種回答雖然馬上就能平息風波

 但萬一傳進辻先生耳裡

她是這樣說的呀

喔，沒什麼特別的想法嗎？

萬一發生這種情況

 嗚…那不是真心話啦

不就可惜了？…

 我覺得他還不錯～

這樣回答的話

 跟你說喔，森下小姐說她喜歡你那感覺如何～？

呵呵呵

 傷腦筋

這話萬一傳出去怎麼辦

反而會給辻先生造成困擾～會被討厭的啦～

 へ？

也就是說，這兩種回答都行不通？

 多少學了一點東西

卻遲遲無法給出正確答案的惠美子

喂喂，到底怎麼樣啦？

さーへー

愛碎念的前輩
相對也很容易
猜透她們的心思，
不難應付

倒是要多提防那些
一臉和善地找妳聊天、
背地裡卻會說人壞話
的前輩

惠美子的戀情

可是今天是
全體員工
朝會日

可以見到
辻先生耶

嗚——
真不想去
上班——

打從員工旅遊
之後——

哈哈

呵呵

搽口紅

呵呵呵

翁——

匆匆忙忙

啦
啦
啦

惠美子的心
已經完完全全
被辻先生擄走了

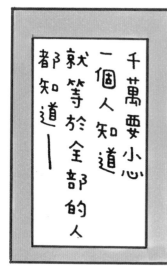

千萬要小心
一個人知道
就等於全部的人
都知道——

但萬一
被大家知道
我暗戀
辻先生……

好奇眼光

八卦題材

啊啊啊——

呀真的

唔

真的

年輕真好

畢竟辻先生
是全公司
的偶像

哇——

哇——

雖然只能
遠遠地
看著他

對我來說
已經足夠

盯——

小鹿亂撞

萬一被人家
知道的話…

嘿嘿嘿
要不要
我去
幫妳
問問
他有沒有
女朋友
啊？

妳知道嗎？
○○小姐
也在暗戀
小辻唷～

大家應該
都不是
惡意的
…吧

喔──有幾名女子趁這個空檔也展開行動了！

雖然我只是盯著辻先生看，卻連他周遭女子們的動向也都盡收眼底

回座位

一副揮棒落空的模樣，「哼」地回來了

…呀

啊，回來了

單戀中的惠美子似乎有點

退燒了…

畫成圖表的話大概就是這樣

其他女性
歐巴桑
前輩女子們
同梯女孩
同賣場女孩
辻

好厚一層人牆哪～

惠美

耶誕樹與我

今年，眼看耶誕節就要來臨，心裡卻有點鬱卒

工作很忙也沒有什麼讓人開心的約會卻得待在充滿歡樂的環境中工作…

我似乎開始有點討厭起耶誕節了

每到這個時期惠美子就會被派去負責裝飾2樓的耶誕樹＆澆水

活樹→

可以拿來裝飾的東西只剩下這些……

真的很不景氣呀…

大型百貨公司也許可以這麼做，但妳也知道現在不景氣

我們也不斷地在縮減經費中

我認為百貨公司應該請專人來裝飾耶誕樹才對呀

我的美感難道有問題嗎…

雖然我只是兼差卻忙得要命呢——真羨慕妳——呵

好好喔，可以去和男友約會～

是喔——正職員工可以休耶誕節呀？

嗯，是啊，剛好遇到公休日

森下小姐，您耶誕節休假對吧

從耶誕節到過年期間特別忙，大家都卯起了精神

呼——忙死了

唉～好忙喔

我整天東奔西走

我來忙忙去

又不是我自己要休假的

這股不妙的氣氛是？

超遲鈍的傢伙 ↓

唉……真希望耶誕節快點結束

耶誕節前一個月起，整天都浸淫在耶誕氣氛中，每天都聽著耶誕歌曲，煩死了

97歲的好奇心女孩

如果沒有夢想，人生就結束了！

咚咚咚，我要拍到心跳停止的那一天！

日本第一位女性報導攝影師，97歲依然好奇心滿滿特別專題

作為日本第一位女性報導攝影師，我只要有想拍的主題，在工作上，我一直充滿

97歲 好奇心女孩　工作篇

1. 職業不該有男女性的差異。

2. 拍過的名鏡頭包括：日本皇室三笠殿下、日本政治家淺沼稻次郎、歌舞伎演員市川染五郎、南極探測

家「宗谷號救援隊」……

2013年5月出版
敬請期待

我出生大正三年（1914年），現在97歲了；

我在昭和十五年（1940年），成為日本第一位女性報導攝影師；

我經歷了太平洋戰爭，東京大地震，經濟泡沫，311……

71歲那一年，當同年代都已經退休，我又重新回到攝影師的行列；

全心投入工作，想做這個，想做那個，想做的事情一大堆，根本沒有時間去想年紀的問題……

有一天看到電視上播出八十幾歲的女演員翻跟斗的報導，想了一下，對了，我到底幾歲了呢？

原來……我已經超過九十歲了啊！！

打開軟木塞之後，味道時時刻刻在改變，這是葡萄酒的魅力所在。也是我每晚的嗜好。

我長年愛用的萊卡相機，快門聲很輕，可以拍下被拍攝者的自然身影，我非常喜歡。

97歲 好奇心女孩 飲食篇

1. 不喜歡吃烤魚，煮魚，對有油脂的牛肉或雞肉情有獨鍾。

2. 不喜歡米，喜歡麵包。

3. 每天三餐一定自己張羅。

4. 八分飽。

5. 吃晚餐時，一定喝一杯葡萄酒。（她說葡萄酒像人一樣，隨著時間的變化會越來越熟悉親切。）

家守野千仁子、名違演親藤兼人等等。

3. 有想拍的主題就毫不猶豫去做！

4. 71歲同年齡都退休了，又重輕言放棄。

5. 拍出生命力，而不是拍出人影。

6. 沒有必要一定要打敗男人，學⋯⋯

7. 沒有夢想，人生就結束了！咚

聽說寵物
會長得跟
主人越來越像

苟夕馬

我每天都有
幫它澆水呀

而且
所處的環境
和其他樹都一樣

不知

所措

難道是

無男友老想著耶
誕節小快點結束

有男友
超期待耶誕節

已經訂婚
超愛耶誕節

我越是詛咒耶誕節，
這棵耶誕樹
就會越來越枯萎!?

唔

枯萎

衝

妳，妳看，變漂亮了嗯～

我最愛耶誕節了

好期待呀——

快閃

裝飾品小偷

鬼鬼祟祟

摸摸

偷偷

對呀，有耶誕節真好

耶誕節最棒了——

枯萎萎

敬馬

去年耶誕節我和男友～

今年要和我男友～

……

只是耶誕樹還是一天一天枯萎

敬馬慌

怎麼會這樣？難道是因為沒男友的關係嗎？

呵呵呵我也來買個耶誕蛋糕好了

……

最後，終於對不起…

嗚嗚…

被收走了

嗄啦 嗄啦

哇，這是什麼樹啊？

好糟喔

別…別放在那麼顯眼的位置啦…

抖 抖

今年，惠美子成了

眾所皆知

把耶誕樹搞到枯萎的女子

聽說那棵樹是被森下小姐弄枯的？

哈哈哈 夏有 兩下子

我好像成了會在耶誕節帶來厄運…的女人？

那是因為呀——妳澆太多水了啦

澆太多水？

對於大家的好意真不知道該歡喜還是難過

我像個沒辦法把工作做好的人嗎？

因為怕樹枯死所以都紛紛跑來幫忙澆水

對幫她澆個水吧——

也就是說，其他樓層以為「森下好像忘了澆水」的人

原來是因為大家都去澆水啦——

那棵樹好像澆太多水喔！

因為大家都跑來幫忙澆水的關係好像是

振作

嗯這樣下去不是辦法

只是，從此以後每逢耶誕節

惠美子就會被冠上「把耶誕樹弄枯萎的女人」的頭銜

這樣一來就能洗刷汙名了吧

呼——工作時若也這麼努力就好了…

只要一聽到
耶誕歌曲，
心情就
溫到谷底

接下來
又要進入
最忙碌的
時期了

唉
…

是呀…

叮叮噹
叮叮噹～

唉——

耶誕節前夕

一進入年終的耶誕時節

百貨公司也正準備迎接一整年最忙碌的高峰——

哦，這雙又不錯

可以嗎？

大小可以嗎？

呵呵

哈哈

呵呵呵

謝謝惠顧～

謝謝你，不客氣

就買這雙吧

可以嗎～有點超出預算耶～

唉——

好想有個男朋友

超危險

敬馬

剛才那句話
不會被
聽到吧(汗)

東張
西望

甚至還會
無意識地從嘴巴
蹦了出來呢

唉——好想
有個男朋友喔

發呆

這陣子滿腦子
都只想著
我要男朋友——
我要男朋友——

12月24日是星期五

但耶誕節當天
有排公休的人
是可以休假的——
不上班的——

星期五
公休

這樣的耶誕節…

原以為是

耶誕節
那天應該
又是要上班吧

突然有種占著茅坑
不拉屎的感覺…

就算
排早班
也好啊

耶誕夜
應該
沒辦法
休假吧～

惠美子的耶誕夜
剛好輪休～

學生時代
每到耶誕節前夕

大家的心情也跟著
高亢，七嘴八舌
討論著要怎麼慶祝

耶誕節的時候

去這裡吧？

我要去～～

耶誕節要怎麼過呀？

一旦進入社會
而且是百貨業

大家都忙得團團轉
根本沒有心情想這些

可是這麻煩

一來

固Pon

也沒有人
互約耶誕節時
要怎麼慶祝～～

急忙

嗚～

看來今年也沒啥
特別計畫了吧

唉—
好想有個
男朋友喔
敬馬

剛…
剛才那句話
不會
被聽到吧～～

東張

西望

難得天氣好
來曬棉被吧

天氣
真好啊～

超凌亂

到了平安夜當天

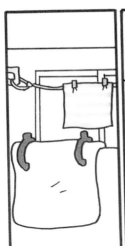

但說不定也會有人以為是「晚上男友要來所以卯起勁來打掃」呢

等等，耶誕節前夕曬棉被，不就擺明了自己沒人約⋯？

啊哈哈哈哈⋯

哇─哈哈哈哈

氣氛↓歡樂

電視機傳來的笑聲同樣如萬箭穿心

把音量轉大一點─

遠處傳來的笑聲有如萬箭穿心

是哪個房間哪

哈─哈哈

鈴鈴鈴鈴鈴鈴

打個電話問問看好了─

前輩們應該已經下班回來了吧

嗯嗯

自語

一定有人約啦～

那個人是搶手貨⋯

辻先生今天雖然要上班但想必他晚上也有約了吧

首先是
大家相互取暖

接著是
七嘴八舌聊著
戀愛與豔遇之類
和男人有關的話題

不知不覺
淪為自我吐槽大會…

最後則是
大吐上班的苦水

記得剛進公司時，覺得百貨公司裡幾乎都是女人挺可怕的

但如今能和公司同事這樣一起度過耶誕節感覺也滿好的～

唉——好想有個男朋友喔

東倒西歪～～

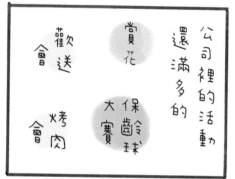

友情也不過如此

第 **7** 話

想挑些衣服穿去參加同宿舍的廣瀨小姐的婚禮

住惠美子隔壁房間的前輩「她男友來了吧」

哇 討厭

穿去參加婚禮的服裝款式也得注重禮節，真是疏忽不得呀

這樣啊——

可是——這顏色在燈光下看起來會像白色的，有點危險耶～

啊，這件如何～？

哈哈哈銀色的洋裝

喔——也不是絕對不行啦

黑色連身洋裝應該是不行吧

有安代前輩陪著一起挑，讓人放心多了

嗯——這個材質是

女裝賣場 負責人

072

不過這麼一來
就不必另外再買些
披巾之類的飾品

還能修飾手臂

雅致的
粉紅色

成熟中又透著可愛感
根本就是一件
十全十美的洋裝啊

A line
設計可以
掩飾突出
的小腹

這件
真可愛～
我也覺得
很棒～

穿上這一件
整個人馬上
顯得貴氣
卻不俗氣──
十分高雅

我也很想要
一件這種
顏色的
連身洋裝呢

這件剛好
可以搭配
我已經有的
黑色高跟鞋
與包包

不會吧
難道安代小姐
也看上了這一件？

敬馬

到底誰會勝出呢？

我也是對它一見鍾情呢～

我一看到它就敬馬為天人囉～

語帶刺探的對話

但…雖然我也很想買

三萬八千日圓…參加婚宴還要包紅包，而且我包包也還沒買呢

好想要～好貴～但…嗚嗚～

低薪一族

只是就這麼拱手讓給安代小姐，總覺得不甘心

這件衣服好可愛喔

如果我不買，安代小姐就會買走了吧…

嗯——好啊…

呵呵呵

…

於是

如果森下不買…那我就去試穿看看囉？

辻先生的女朋友

辻先生
好像已經
有女朋友了

咦～咦～

什麼～

嘛～

竟然還說
什麼他們從
學生時代就已經
交往，對方年紀比
較大是個長得很像
常盤貴子
的美女，
身材又好～

咦～我想
小辻應該還
沒有女友吧

之前聚餐
時他是這樣
說的呀…

可是
園山小姐
說有耶…

很顧家
又煮得
一手好菜
的大家閨秀，
雙方家長的默許
下已經半同居狀
態呢

園山喔～
因為她暗戀
小辻，為了
讓其他
對小辻有
意思的女人
打退堂鼓，
才會故意說
他已經有女
友吧～

驚訝

我～
被～
騙～了～

原來是
騙人的
呀呵呵…

嗯～

為了讓
其他人死心，
竟然編出
這麼一個
完美女人…

女人們的戰爭

忙碌的年終時節終於結束——

一轉眼已經是2月了

店裡的宣傳海報總是能令人明顯感受到季節的交替

情人節快到啦

說到情人節腦海中便浮起了

辻先生

說到辻先生腦海中便浮起了

白馬王子萬人迷

森下小姐，妳會送辻先生巧克力嗎～～？

妳會怎麼做呢？

側敲旁敲

…

情人節——

是將巧克力送給心愛的人的日子

但今年
對惠美子來說

好朋友…
只是好朋友巧克力吧

卻是個眼看喜歡的人收到
其他女人送上巧克力的討厭日子

個性灰暗

呵呵呵

情人節當天

早晨

您早

早安

辻先生的桌上
已經有巧克力了…

咦～

百貨公司裡的員工
以女人居多——

男員工

哈哈哈

謝謝

呵～好多啊

即便是沒什麼女人緣的人
也會收到不少
好朋友巧克力——

咦～
辻先生
今天休假嗎？

沒錯，
辻先生
今天休假

和女友去約會？！

難道是和女友去約會？！

但他今天請休假

給我的暗戀對象

送巧克力

看其他女人

站在這裡

雖然沒必要

嗚嗚

難道對方
是我們同公司
的人……？

荀々馬

衝——

種——

查一下
今天有哪些女生
排休假

喃喃
自語

小姐
田中

排班表

以及
我也來買個
巧克力吧——

要放在那座
小山裡嗎

巧克力山

總覺得
那些巧克力
看起來好有
氣勢呀——

等等，如果反其道而行不送的話——

唉，森下沒有送巧克力

森下回禮統計表

反正又不能親手交給他

說不定反而因此對我印象深刻？

嘿嘿嘿嘿

這樣嗎？我…

真不知道這美得冒泡的想法是打哪兒冒出來的…

好害羞——

討厭啦——

森下小姐也有送我巧克力嗎？

せ…

無所謂啦，請收下吧

辻先生不愧是受人喜愛的萬人迷……

哇

是回禮

這是回禮～

我送的回禮

白色情人節

總之，惠美子的情況依然沒什麼大改變

不論給或不給

...

啦啦啦——

嗅唷～

怎麼把禮物
放在這種地方!?　緊張

難道是
送我的？
送我的嗎！
送我的？
哇——
給我的
驚喜嗎？

惠美子
的座位

興奮

緊張

緊張

原來是自己
忘了把布置
耶誕樹的飾品
收好

空箱

人間盡是……

想走卻 走不了…

女性居多的職場

大多給人一種常講人家閒話、整天都在聊八卦的印象

交頭接耳

竊竊私語

哦，妳在百貨公司上班呀──

女人多麻煩也跟著多，應該很可怕吧

像是背地裡講人家壞話或互相忌妒之類的

唉唷

光想像就覺得恐怖喔～

一聊到女性居多的職場的話題

嘿嘿，講一些真實案例來聽聽吧？

挑眉

弄眼

怎麼感覺好像在講鬼故事…？

黃色笑話派

唷，昨晚沒睡好嗎？和男友這麼拚哪？

大家早安——

開門

悲觀派

妳怎麼看起來都沒什麼煩惱？好羨慕喔——

身材檢查派

哦，妳有變瘦嗎？

咦？覺得妳有點胖囉？

一大早就開始八卦派

我今天又看到那個○○小姐搭主管的車來上班哦——

體況檢查派

怎麼啦？今天好像沒什麼精神？

妳看起來精神很好唷——

只是瞄一下卻無動於衷派

轉頭　瞄

有多少人在，就有多少種代替打招呼的方式出現…

服裝檢查派

那件是在哪兒買的？

今天穿得很有女人味嘛——

女人心

白色情人節的回禮，已婚者大多是由太太代為選購

福岡先生的太太真有品味呀——

那是大塚先生送的回禮啦

是他喔

大塚先生

髮松口氣

森下，這個我不要，送給妳吧

什麼？妳不要？

裡面是他太太親手做的餅乾

太太親手做的餅乾…

奇怪？包裝好像是一樣的

隨手扔在這裡

應該有人很不想拿到這個回禮吧…

例如

聽說正在和他談婚外情的長原小姐…

這…這是誰拿來的呀

難道是怪叔叔…

被丟置一旁的餅乾數量，該不會正是這家店裡的不倫之戀的數量吧…？

開玩笑的啦

白色情人節一

女人世界2年級生

茱鳥上班族
2年級生

太不像話了──
妳看看這班表，
中野小姐休3
兩次星期日耶，
很超過哦？

卻疲累地
好像已經
在這裡上班了
2~3年似的

時光飛逝

來這家
百貨公司
上班已經
一年了呀

3月──

閃亮亮的新人
也來報到

多出來的一個人

好哇

去喝
一杯
吧～

尤其是我這一梯
是三個女人，
相處起來超麻煩，
更讓我羨慕這批
新人了～～

惠美子
那就
拜託妳
囉～

被當成男人
使用

苦力

今年
的新人
男女比例
是2：2：0？

真羨慕哪～

今年那些新人哪——

想當初我們當新人的時候啊～一個個都被捧在手掌心上呵護呢！只是一旦卸下新人的光環之後……

這就是所謂的世代交替吧

我當新人時並沒有受過被捧在手掌心的待遇…

心理不平衡

要去吃午餐嗎？好啊

要坐哪兒呢…

喔，有個新人只有自己一個人坐

惠美子憧憬的前輩模樣

一個人？我可以坐這裡嗎？請坐

呆

怎麼辦？這時候我應該過去和她聊聊天嗎？

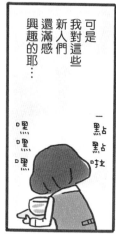

可是
我對這些
新人們
還滿感
興趣的耶…

嘿嘿
嘿

一點點啦

說不定
反而嫌我
這個前輩
囉嗦呢…

不決

猶豫

但有可能
她就想
一個人吃飯
比較輕鬆自在

唔

喔，
那是因為
大家今天
分頭去實習的
關係啦

怎麼沒和
其他新人們
一起吃飯呀？

緊張

緊張

乾脆一點
我可以
坐這裡嗎
～？

喔，
請坐！

工作
還習慣吧？

好了

無關
緊要的

失些
聊些

要聊些啥哩…

嗯
——
へ
——

是——
已經開始
實習了
呀——

當然還沒～
我超緊張的

是喔

不過今年妳們滿好運的，男女各有2人
應該會很開心

是嗎？

啊

我對新人講話也太直了吧

同梯當中有男生的話比較熱鬧～
三個都女生就沒啥搞頭了～

我去年來的時候全是女的

哇——這樣喔

不過我比她們大一歲啦——

啊，這我剛才問過妳了——

呵呵呵

也許會自己掉下來吧⋯

工作還習慣吧？

可是我說不出口啊⋯

而且在年紀比我小的人面前講這些
人家一定覺得我是個囉嗦的歐巴桑吧

21歲

啊，臉上有飯粒

嗯——

椎名為何會想來這家百貨公司上班？

（妳是面試官喔？）

怎麼覺得臉好癢，

弄掉了

飯粒⋯⋯

這時究竟該聊些什麼好哩⋯

嗯——

不方便問些太私人的事

也沒有特別希望新人喜歡我這個前輩

喔——

嗯，因為我男友在這附近的美容院上班——

百貨公司因為是休平常日，正好可以配合他的時間，我覺得還不錯

好像是吧

哈哈哈哈

這種理由聽起來太敷衍了吧

我是因為不習慣坐著工作⋯？

森下小姐呢？

沒想到這世上還有這種動機原因，真是一樣米養百種人哪

跟年輕人聊天時，偶爾會覺得自己和他們有代溝

放那裡吧——

我吃飽了——

我是個膽小鬼前輩

那我先走囉

不好意思

反而成了要新人照顧的前輩

森下小姐，妳時間沒關係吧？

妳是說那個新來的吧

對呀，完全不跟人家打招呼——

叫她也沒反應——

到處都在講關於新人的八卦

剛才那另外一個新人

態度很惡劣耶——

不爽中…

已經完全融入女人世界的第二年春天——

超火大——

對對呀呀——

的——

雖然沒講她壞話

但內心很爽快

超會看女大牌的——

對呀

對呀

是在說那個女生吧

比起恐怖型的前輩

嗯

恐怖型的後輩

更難相處

嗯

...

但其實兩者都難相處啦...

關於新人訓練的回憶

當時大家的感情非常好——

嘩

嘩

新人訓練是在某山中的訓練中心進行的

必須在那裡住上一星期

西瓜皮

我還很開心大家都喜歡我給的綽號西瓜皮她哦~

講習老師取的卓號西瓜皮

因為前了個西瓜皮髮型所以稱她西瓜皮

提到西瓜皮就火大~

集結了十分嚴格的女性

來自各地方的女性

大家看起來都好成熟哦~

嘩

第三天早上起床時發現隔壁床的女孩不見了

奇怪?

聽說是大半夜的時候搭計程車回家去了

訓練課程十分嚴格

講習老師聲音要大到山裡有回音才行!!

歡迎光臨

106

勁敵出現？

到百貨公司上班
已經一年了

在女性
居多的職場，
我也漸漸摸清楚
在其中的生存之道

但偶爾——

就是有人會
莫名其妙地
討厭我

這些情況
三不五時
就是會發生

或者
沒來由地
故意忽視我

當下我會告訴自己
對方是前輩
而我只是個新人
要多忍耐

開門

大家
辛苦了

只是一旦是被後輩（新人）這樣對待就…

無視

別理她就好了

完全不在乎↓

喃喃自語

但也有可能是她還不習慣啦

雖然已經無視我好幾次了

或許是因為她沒發現我進來了

雖然房間裡就只有兩個人

（為了安慰自己的藉口）

即便如此，對於這種狀況

偶爾想起還是會覺得在意——

那是什麼態度嘛

不爽

生氣

雖然以前輩的身分教訓一下對方也無妨

但這種事還是交給有能耐的人去做吧

激動到無法入睡

工作上的失誤
可以當場就改正

但是關於態度
這種事
就很難去提醒了

哈哈哈

畢竟自己也不是
態度非常好的
那種人啦——

萬一沒弄好
不但惹來
一身腥，
還會被說是
在欺負新人呢

但
我實在很難
接受這樣的
自己…

立場
太弱
了

啊，
必須先
換好制服
才能打卡喔

所以我都是
很恭敬地
教導後輩

要訓誡後輩

還是得有
一定的專業
與自信
才行呀

笑
裡
藏
刀

俐
落
有
魄
力

抖
擻

被這種人
訓誡時
新人似乎多少
會聽進耳裡

喔——
不過也只是
一時而已啦～

這些新人還在受訓中，萬一跑去跟人事部的丸山先生告狀

她…好可怕喔

森下小姐

喔喔，丸山失生

而且謠言一旦傳進其他男員工耳裡

女生前輩對我好嚴格

工作做得如何？

被捧在手掌心的時期

變得越來越沒男人緣

抱持這個心態的結果

溫柔的提點新人

不被放在眼裡

挫折

唉—

被新人討厭倒無所謂

嗯—

心裡不安。

但我可不想被公司的男員工討厭啊

結果便是和大家一起在休息室裡交頭接耳…

可是—

就算我想說也說不出口

啊—

他們那種毫不在意的態度

其實也滿令人羨慕的

當我還是新人時

不管做什麼都緊張兮兮

早安—

早…早安

嚓滋
嚓滋

↓

呼——

還有一小時
就得回去
工作了

真想早點
下班回家

啊——

成為2年級生
之後……

←POCKY

櫻花樹下安芽顧

這個月有6次…

頂多就是有機會和男性開心交談的那一天，在日記本上畫個心形符號

懶懶散散的每一天——

表示過得是既委靡、也不曾有男人光臨的日子——

刷刷

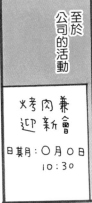

至於公司的活動

烤肉會兼迎新

日期：○月○日 10:30

雖然我不愛參加公司舉辦的活動

但一方面有前輩陪伴

塗塗

二方面也能趁這機會和不同的人聊聊天

大家好像都差不多就定位了耶——

熱鬧

衰衰衰

我們要坐哪裡呢？

嘩

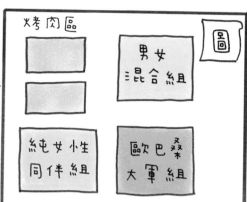

看來，那一組和這一組是水火不容。？

...

可是我超不想和店裡的人談辦公室戀情

沒錯

公司的男生的確都很花心呢

很多都是腳踏兩條船，還有搞外遇的，在這兒上班，都變得無法相信男人了

好像還剩下一些炒麵，我去拿過來——

起身

嚼 嚼

難道大家對辦公室戀情都有不怎麼美好的回憶…？

還不是那個店長帶頭的

小惠和祥子真是幹勁十足哪——

炒麥面

啊～我現在多少也能體會每次聚會時就把我晾在一旁飛奔到喜歡的男生身旁去的小惠與祥子的心情了

要不要和他們
打招呼呢——

唔～嗯

啊，惠美子～

嗨——

丸山先生，
這些餅乾
請你吃～

似乎正忙著？

唔嗯——

啊！新進員工竟然坐在
辻先生旁邊——！！

怎麼——

我說現身～
新人哪～
可以幫忙
敷正理一下
啤酒空罐
嗎～？

不好意思，
就交給妳囉～

さ——

明知
對方來
者不善

卻也推辭不了

接下來準備
接收這空位的
就是——

等等

幸災樂禍
的表情

←

這時候就特別慶
幸有這種愛欺負
人的前非辈擦腰了

嘿嘿嘿

還是待在這裡安心哪…

喝醉酒的人最討厭了

是啊──之前員工旅遊時大家都喝得好醉喔──

主管之類的人個個渾身酒氣沖天，超噁心

註：炒麵

只是豔遇一直都不來呀──

哈哈哈

毫無進展

沒人介紹

至於也無法對象以及豔遇

大家介紹──

呵呵呵

真慘哪

我看還是在公司以外的地方找我的豔遇吧

給我吃一口──

我去把買來的東西烤一烤吧

…

光是安心還是不行啊…？

這種時候

是藉機攀談彼此親近的大好機會唷……

看起來很好吃耶

需要幫忙嗎？

來吧，與我攀談就趁現在唷!!

正巧～順便幫我把這盤也加熱一下吧？

乾脆把剩下的食材全部烤一烤吧

哦，妳在烤些什麼呀？

我有帶麻糬來唷～雖然足過年時吃剩的～

談得也是

特別附錄
惠美子35歲

唔──嗯

想不出主題時

要畫一些什麼好呢…

就翻翻以前的日記本找靈感

倒櫃 翻箱

但說是日記本，其實更像

記仇簿

1996

在外面受的氣一筆一筆全都寫在這本筆記裡

1996年版

T崎真的超讓人火大的──！
有什麼好康就拚命往身上攬

…

只有登場人物的名字不斷改變
內容則幾乎大同小異…

2008年最新版

Y下那傢伙超讓人火大的──！
專撿好康的做～

後記

非常感謝各位讀者購買了《女人啊，就是這麼回事：菜鳥上班族的第2堂課》這本書。

創作此書的同時也喚起了我往日的回憶。閱讀日記的時候，過去的種種記憶湧現腦海，情緒再度陷入往日的黑暗漩渦裡以致無法好好寫作，真是辛苦哪。

不過，身處在女性居多的職場裡，也是有不少開心的事情發生啦（言不由衷哦）。

我這個人一路輾轉換了不少家公司，職位雖有所提升，但也多虧曾經在各種職場裡打滾、磨練，對於人際關係的處理，我倒是長進了不少。

從中我也得出了一個結論就是：「人際關係是強求不來的」。

真不知道該說我樂觀還是悲觀呀。

我過去曾經服務的幾家公司，其中有兩家因為經營不善，倒了。

看來，我的履歷表似乎也會帶來不幸耶。

真希望景氣能夠快點好轉。

最後我要真心地向這次同樣帶給他不少麻煩的金尾編輯說聲：太感謝您啦！

還有把我的書設計得如此可愛的五味美編，謝謝妳。

業務部以及書店的工作人員們，承蒙大家照顧了。

在此我要向所有協助本書完成的朋友們致上十二萬分的謝意。

那麼，我們有緣再見了。

2009年3月　森下惠美子

TITAN 091

女人啊, 就是這麼回事：菜鳥上班族的第❷堂課

森下惠美子◎圖文　　陳怡君◎翻譯　　陳欣慧◎手寫字

出版者：大田出版有限公司
台北市10445中山北路二段26巷2號2樓
E-mail：titan3@ms22.hinet.net
http：//www.titan3.com.tw
編輯部專線（02）25621383
傳真（02）25818761
【如果您對本書或本出版公司有任何意見，歡迎來電】
行政院新聞局版台業字第397號
法律顧問：甘龍強律師

總編輯：莊培園
主編：蔡鳳儀　副主編：蔡曉玲
企劃主任：李嘉琪
校對：陳怡君／蘇淑惠
承製：知己(股)有限公司 電話：(04)23581803
初版：二○一三年（民102年）四月三十日 定價：220元

總經銷：知己圖書股份有限公司
（台北公司）台北市106辛亥路一段30號9樓
電話：（02）23672044・23672047・傳真：（02）23635741
郵政劃撥：15060393
（台中公司）台中市407工業30路1號
電話：（04）23595819・傳真：（04）23595493

國際書碼：978-986-179-285-9　CIP：861.67/102003372

女どうしだもの そろそろ2年め© 2009 by Emiko Morishita
First published in Japan in 2009 by MEDIA FACTORY, INC.
Complex Chinese translation rights reserved by Titan publishing company, Ltd.
Under the license from MEDIA FACTORY, INC., TOKYO

www.facebook.com/titan.ipen

歡迎加入ipen i畫畫FB粉絲專頁，給你高木直子、恩佐、wawa、鈴木智子、澎湃野吉、
森下惠美子、可樂王、Fion……等圖文作家最新作品消息！圖文世界無止境！

To: **大田出版有限公司**　（編輯部）**收**

地址：台北市10445中山區中山北路二段26巷2號2樓
電話：（02）25621383　傳真：（02）25818761
E-mail：titan3@ms22.hinet.net

From：地址：＿＿＿＿＿＿＿＿＿＿＿＿＿＿＿

姓名：＿＿＿＿＿＿＿＿＿＿＿＿＿＿＿

※請沿虛線剪下，對摺裝訂寄回，謝謝！

大田精美小禮物等著你！

只要在回函卡背面留下正確的姓名、E-mail和聯絡地址，
並寄回大田出版社，
你有機會得到大田精美的小禮物！
得獎名單每雙月10日，
將公布於大田出版「編輯病」部落格，
請密切注意！

大田編輯病部落格：http：//titan3pixnet.net/blog/

智　慧　與　美　麗　的　許　諾　之　地

讀 者 回 函

你可能是各種年齡、各種職業、各種學校、各種收入的代表，
這些社會身分雖然不重要，但是，我們希望在下一本書中也能找到你。

名字／＿＿＿＿＿＿＿＿性別／□女 □男　　出生／＿＿＿＿年＿＿＿月＿＿＿日

教育程度／

職業：□學生 □教師 □內勤職員 □家庭主婦 □SOHO族 □企業主管
　　　□服務業 □製造業 □醫藥護理 □軍警 □資訊業 □銷售業務
　　　□其他＿＿＿＿＿＿＿＿＿＿＿＿＿＿＿＿＿＿＿＿＿＿

E-mail／＿＿＿＿＿＿＿＿＿＿＿＿＿＿＿＿　電話／＿＿＿＿＿＿＿＿＿＿＿＿

聯絡地址：

你如何發現這本書的？　　　　書名：女人啊，就是這麼回事：菜鳥上班族的第2堂課

□書店閒逛時＿＿＿＿＿書店 □不小心在網路書店看到（哪一家網路書店？）＿＿＿＿
□朋友的男朋友(女朋友)灑狗血推薦 □大田電子報或編輯病部落格 □大田FB粉絲專頁
□部落格版主推薦
□其他各種可能，是編輯沒想到的＿＿＿＿＿＿＿＿＿＿＿＿＿＿＿＿

你或許常愛上新的咖啡廣告、新的偶像明星、新的衣服、新的香水……
但是，你怎麼愛上一本新書的？

□我覺得還滿便宜的啦！ □我被內容感動 □我對本書作者的作品有蒐集癖
□我最喜歡有贈品的書 □老實講「貴出版社」的整體包裝還滿合我意的 □以上皆非
□可能還有其他說法，請告訴我們你的說法

＿＿＿＿＿＿＿＿＿＿＿＿＿＿＿＿＿＿＿＿＿＿＿＿＿＿＿＿＿＿＿＿＿＿

你一定有不同凡響的閱讀嗜好，請告訴我們：

□哲學 □心理學 □宗教 □自然生態 □流行趨勢 □醫療保健 □財經企管 □史地 □傳記
□文學 □散文 □原住民 □小說 □親子叢書 □休閒旅遊 □其他 ＿＿＿＿＿＿＿＿＿

你對於紙本書以及電子書一起出版時，你會先選擇購買
□紙本書 □電子書 □其他＿＿＿＿＿＿＿＿＿＿＿＿＿＿＿＿＿＿＿＿＿

如果本書出版電子版，你會購買嗎？
□會 □不會 □其他＿＿＿＿＿＿＿＿＿＿＿＿＿＿＿＿＿＿＿＿＿

你認為電子書有哪些品項讓你想要購買？
□純文學小說 □輕小說 □圖文書 □旅遊資訊 □心理勵志 □語言學習 □美容保養
□服裝搭配 □攝影 □寵物 □其他 ＿＿＿＿＿＿＿＿＿＿＿＿＿＿＿＿＿＿＿

請說出對本書的其他意見：

大田出版有限公司編輯部 感謝您！